STAR WARS™

ENTDECKE DEN OBI-WAN IN DIR

von Kelly Knox

Inhalt

Der Weg des Weisen zum Urvertrauen

Das Leben in der Galaxis kann stressig sein. Ein bevorstehender Test, Probleme auf der Arbeit, ein Kampf gegen eine Droidenarmee – selbst legendären Hütern von Frieden und Gerechtigkeit wird es manchmal zu viel. Da musst du nicht erst mit deinem fehlgeleiteten besten Freund aneinandergeraten, der unlängst der dunklen Seite verfallen ist. Aber weißt du, dass du so gut wie jedes Hindernis überwinden kannst, wenn du ganz in dir ruhst und dir stets ein Lächeln bewahrst?

Entdecke den Obi-Wan in dir **zeigt, wie du mit Witz und Verstand jedem Gegenwind in der Galaxis trotzt. Nimm dir den Jedi-Meister als Vorbild und lerne, Problemen mit einem »Hallo auch!« zu begegnen – beherzt und mit einem lockeren Spruch auf den Lippen.**

STELLE DICH HERAUS-FORDERUNGEN

Wenn sich der Ärger nur so anhäuft, mag ein Neustart als wunderlicher, alter Eremit verlockend erscheinen. Aber wie es im Leben so ist, holen dich deine Probleme am Ende meist wieder ein. Stelle dich Herausforderungen lieber direkt – und keiner kann dich stoppen!

»Hallo auch!«

Obi-Wan Kenobi

Gehe die Dinge beherzt an

Die klügsten Jedi-Meister wissen, dass der Moment kommt, in denen du Herausforderungen frontal in Angriff nehmen musst. Du hast alles sorgfältig geplant und sicheren Abstand gewahrt, doch nun ist es Zeit zu handeln. Entledige dich allem, das dir im Weg sein könnte – wie schwere Jedi-Mäntel oder leere Worte –, dann kremple die Ärmel hoch und heiße deine Probleme willkommen. Du kannst noch dazu eindrucksvoll ein Lichtschwert schwingen? Umso besser! Kein Hindernis wird dir zu groß sein.

»Ich mag erste Male. Gut oder schlecht – immer unvergesslich.«

Ahsoka Tano

Betrachte Scheitern als so wertvoll wie Erfolg

Wie Ahsoka Tano wiederholt von Obi-Wan Kenobi und Anakin Skywalker lernen durfte, ist niemand perfekt. Selbst ein Jedi kann Fehler machen! Einen Anfang zu finden, ist oft der schwerste Teil des Ganzen – egal, ob du damit haderst, mithilfe der Macht Steine schweben zu lassen, oder die nächste Stufe auf der Karriereleiter erklimmen willst. Betrachte das Scheitern schlicht als ersten Schritt zum Erfolg – und manchmal auch als zweiten und dritten. Hauptsache, du machst weiter, immer weiter, bis du dein Ziel erreicht hast.

»Endlich begegnen wir uns wieder.«

Darth Vader

Gehe deinen Problemen nicht aus dem Weg

Du glaubst, die Galaxis nicht wiederzuerkennen? Da mag es verlockend erscheinen, sich für 20 Jahre allein in die Wüste zurückzuziehen. Aber wenn du nicht gerade von einem einstigen Freund verfolgt wirst, der zum mächtigen Sith mutiert ist, ist es keine gute Idee, Herausforderungen auf die lange Bank zu schieben (zumal der Sand in der Wüste echt kratzig und einfach überall ist). Obi-Wan musste sich zwar verstecken, aber er ging seine Probleme an, indem er sich einer neuen Mission verschrieb. Erwäge auch du Alternativen, um mit neuem Fokus Hindernisse zu überwinden.

»Das hast du
ganz allein geschafft!«

Obi-Wan Kenobi

Stehe zu deinen Taten

Es ist leicht, jemand anderem die Schuld zu geben, wenn dir alles um die Ohren fliegt wie auf einem instabilen Lavaplaneten. Doch bevor du mit dem Lichtschwert auf andere zeigst, gehe hart mit dir selbst ins Gericht. Hast du vor Wut um dich geschlagen wie Anakin? Nimm dir etwas Zeit, überlege, wie du selbst dich in diese Lage gebracht haben könntest, und mache wieder gut, was du verursacht hast. Sicher, es könnte Jahre dauern – und vielleicht brauchst du dabei die Hilfe von Luke Skywalker –, aber es ist nie zu spät, das Richtige zu tun.

»Sich der Angst zu stellen, ist das Schicksal eines Jedi.«

Luke Skywalker

Stelle dich deinen Ängsten

Keine Frage, auch die mächtigsten Jedi können Furcht verspüren. Von Rey bis hin zu Anakin Skywalker – sich ihren größten Ängsten zu stellen, war Teil der Reise zu ihrem wahren Ich. Du kannst zulassen, dass die Angst dich auffrisst, wie es Obi-Wans Schüler tat, oder du ziehst Kraft daraus, um deine Furcht zu wissen und sie anzunehmen. Entscheide dann, wie du dich ihr stellen willst. Ob du kleine Schritte wie der watschelnde Grogu machst oder dich auf sie stürzt wie Obi-Wan, denke dabei stets daran, dass du den Mut eines Jedi hast.

SEI UMSICHTIG

Warst du dir schon mal sicher, dass jemand der Auserwählte ist, nur um festzustellen, er ist gar nicht der, für den du ihn gehalten hast? Manchmal bedarf es eines zweiten Blicks oder einer ganz neuen Perspektive, um die Wahrheit zu erkennen. Womöglich wirst du staunen, was alles wahr ist – von einem gewissen Standpunkt aus.

»Sag mir nicht, wonach es sich anhört. Sag mir, wie es ist.«

Leia Organa

Blicke hinter die Fassade

Manchmal sind die Wahrheiten, die wir anderen – und uns selbst – erzählen, nicht alles. Erwartest du das Schlimmste oder konzentrierst dich stark darauf, was schiefgehen könnte? Deine Sorgen könnten das Bild der wahren Lage verzerren. Vielleicht ist gar nicht die ganze Galaxis hinter dir her (außer natürlich, du heißt Han Solo). Halte dich an die Fakten, und betrachte das Problem von allen Seiten. Dann schätze die Situation ohne Rechtfertigungen und Übertreibungen neu ein. Sei ehrlich zu dir selbst und zu anderen – lass dich wie General Leia Organa von nichts beirren.

»Nur ein Sith kennt nichts als Extreme.«

Obi-Wan Kenobi

Sieh nicht alles nur schwarz oder weiß

In der Galaxis ist nicht alles nur schwarz oder weiß – dazwischen gibt es so vieles zu entdecken! Einfach zu sagen, dass andere entweder für oder gegen dich sind, beweist nur deine Engstirnigkeit. Etwas läuft entweder, wie du es willst, oder ist für die Müllpresse. Solche Kompromisslosigkeit führt oft zu Wut. Wut führt zu Hass, und … nun ja, du kennst den Rest. Nur ein Sith sieht die Galaxis so. Bemühe dich, stets unvoreingenommen zu bleiben, und selbst Meister Yoda wird dich für weise halten.

»Du hast alles, was du brauchst.«
Luke Skywalker

Wisse zu schätzen, was du hast

Gut, ja … vielleicht ist für dich zuletzt alles den Bach runtergegangen. Womöglich fühlst du dich auf einer entlegenen Insel inmitten eines schäumenden Ozeans sogar mutterseelenallein. Aber es gibt immer etwas in deinem Leben, für das du dankbar sein kannst. Überlege, was dir in diesem konkreten Moment zu eigen ist, sowohl materiell als auch immateriell – wie der Rückhalt von Menschen an deiner Seite, Hoffnung und ein guter Plan B –, und wertschätze es.

»Deine persönlichen Gefühle dürfen dir nicht im Weg stehen!«

Obi-Wan Kenobi

Denke an das große Ganze

Für legendäre Jedi steht das Allgemeinwohl stets über eigenen Interessen. Daher musst du mitunter schwere Entscheidungen treffen. Wenn du zum Beispiel siehst, dass deine große Liebe aus Kindertagen in Gefahr ist, mag es sein, dass du sofort deine Mission abbrechen und ihr zu Hilfe eilen willst. Komm zur Vernunft! Sie würde wollen, dass du deinen Auftrag erledigst und hilfst, das Blatt in der Schlacht zu wenden. Ganz davon abgesehen, dass sie mit ihrem klugen Kopf und ihrer Hartnäckigkeit gut auf sich selbst aufpassen kann.

»Ich habe dir also die Wahrheit gesagt … von einem gewissen Standpunkt aus.«

Obi-Wan Kenobi

Nimm andere Blickwinkel ein

Das Leben steckt voller unangenehmer Wahrheiten. Doch wie du damit umgehst, kann entscheidend sein. Vielleicht ist jemand, der dir lieb ist, nicht bereit zu hören, dass sein leichtsinniger Vater nicht auf das gehört hat, was du ihn gelehrt hast, und der dunklen Seite verfallen ist. Dennoch musst du ihn und dich selbst nicht belügen. Betrachte das Ganze stattdessen von einem anderen Standpunkt aus, wie Obi-Wan es tat, als Luke ihn nach seinem Vater fragte. Es könnte zu Lösungen führen, die mächtiger sind, als du es dir vorstellen kannst.

BLEIBE FOKUSSIERT

Atmen. Einfach atmen. Um dich neu zu fokussieren, halte inne und sauge alles um dich herum auf. Sei dir der lebendigen Macht bewusst – dem Hier und Jetzt. Dann bist du bereit für den nächsten Schritt in eine größere Welt. Vergiss nur nicht, vorher noch den Sichtschutz deines Helms hochzuklappen!

»Wie konntet Ihr wissen,
dass sie uns nicht angreifen?«
»Weil ich beobachte, während du nur
mit deinem Lichtschwert denkst.«

Anakin Skywalker und Obi-Wan Kenobi

Beobachte aufmerksam

In der Klemme? Beruhige dich und schätze die Lage ein, bevor du den nächsten Schritt machst! Es mag verlockend sein, sich mit gleißendem Lichtschwert ins Gefecht zu stürzen – und manchmal funktioniert es sogar, wie Anakin Skywalker bestätigen kann. Aber um gelassen zu bleiben wie ein Jedi-Meister, musst du mitunter innehalten und dir einen Überblick verschaffen, ehe du zur Tat schreitest. Setze auf deine Augen und Ohren, nicht auf dein Lichtschwert, und du wirst erkennen, dass nicht immer alles ist, wie es scheint.

»Richte deine Konzentration auf das Hier und Jetzt, wo sie hingehört.«

Qui-Gon Jinn

Konzentriere dich auf den Augenblick

Jeder kann sich in Achtsamkeit üben, egal, ob er wie Qui-Gon Jinn ein Jedi-Meister oder jemand ohne jede Spur von Machtkräften ist. Achtsamkeit bedeutet, all das, was im gegenwärtigen Moment vor sich geht, bewusst wahrzunehmen. Schenke dem Aufmerksamkeit, was du um dich herum siehst, hörst, riechst und fühlst. Nimm alles auf, selbst jenen unverkennbaren Mief von Bantha-Poodoo. Allzu leicht verlierst du dich in Sorgen. Doch stelle nicht deine Ängste in den Mittelpunkt! Richte deine Aufmerksamkeit auf das Hier und Jetzt, nicht auf die Frage »Was wäre, wenn?«.

»Hab Geduld. Nutze die Macht. Denk nach.«

Obi-Wan Kenobi

Hole tief Luft

Auch wenn ein Problem groß wie ein Hutt erscheint, wissen besonnene Jedi, was zu tun ist. Der erste Schritt, wenn du dich vollkommen überfordert fühlst, ist zugleich der schwierigste: Hab Geduld. Wähle keine überstürzte Lösung und jage nicht Hals über Kopf einer Attentäterin durch die düsteren Straßen Coruscants hinterher. Nimm einen tiefen Atemzug und finde deine innere Mitte, bevor du dir deinen nächsten Schritt überlegst. Erst dann ist es Zeit zu handeln. Bei der Suche nach einer schnellen Lösung kannst du nur verlieren (und zwar nicht nur dein Lichtschwert).

»Lass dich von deinen Gefühlen leiten.«

Obi-Wan Kenobi

Werde dir deiner Emotionen bewusst

Deine Jedi-Ausbildung oder der Alltagsstress machen dich fertig? Schalte die Welt (oder das Raumschiff) um dich herum aus und richte den Blick nach innen. Welche Gefühle kommen dabei hoch? Stell dir vor, wie negative Emotionen wie Frustration von dir forttreiben, bis sie sich in nichts auflösen. Dann sende deine Zuneigung zu jenen aus, die dir am wichtigsten sind. Fühle den Rückhalt von Freunden und Familie, egal, wie weit, weit entfernt sie sind. Kein mystisches Energiefeld bestimmt dein Schicksal – du entscheidest, welche Energie du in die Galaxis ausstrahlst.

»Handle nach dem, was du gelernt, denn retten kann es dich.«

Yoda

Vertraue auf deine Erfahrung

Alles, was du durch Übung und Erfahrung gelernt hast, hat dich auf das vorbereitet, was dich nun erwartet. Vielleicht musst du mit einem der fiesesten Schurken der Galaxis das Lichtschwert kreuzen. Oder es geht um ein Projekt bei der Arbeit oder deine Abschlussprüfung. Hast du das Gefühl, tausend furchtbare Dinge kommen auf dich zu, wenn du scheiterst? Denke daran, dass du hart gearbeitet hast, um dahin zu kommen, wo du bist. Vertraue dir selbst und darauf, was deine Lehrer dir beigebracht haben. Wie Yoda einst sagte: »Wissen tust du schon alles, was nötig ist.«

SETZE AUF WITZ UND VERSTAND

Du kannst allem in der Galaxis mit Eleganz und Esprit begegnen. Ein flotter Spruch zur rechten Zeit kann in stressigen Situationen für Auflockerung sorgen und deine Feinde entwaffnen. Es sei denn, sie haben vier Arme mit je einer Waffe. Dann hilft nur noch, sich für den Kampf zu wappnen.

»Dann sind wir hierhergekommen, um Euch zu retten.«

»Gut gemacht.«

Anakin Skywalker und Obi-Wan Kenobi

Behalte in schwierigen Zeiten dein Lächeln

Sicher, du bist gefesselt in einer staubigen Arena und von wilden Bestien umzingelt, doch das heißt nicht, dass es nicht genau der richtige Zeitpunkt für einen Scherz wäre. In nervenaufreibenden Situationen ist manchmal etwas Leichtigkeit gefragt, um nicht nur daran zu denken, wie dich gleich ein Acklay verschlingen wird. Ein trockener Spruch wie von Meister Obi-Wan Kenobi kann helfen, die Anspannung zu lockern. Ein kleines Lächeln reicht womöglich aus, damit jeder wieder glaubt, es noch schaffen zu können. Zumindest aber wirst du dich besser fühlen.

»So was von unzivilisiert.«

Obi-Wan Kenobi

Nutze Gewalt nur als letzte Option

Wie ein wahrer Jedi-Meister solltest auch du für jedes Problem, das dich plagt, nach einer eleganten Lösung streben. Doch wenn ein Plan nicht aufgeht und die Diplomatie versagt, bleibt manchmal nur noch eine Option. Dann ist es Zeit, die Höflichkeit über Bord zu werfen und für das zu kämpfen, an das du glaubst! Nutze alles für den Sieg: Konzentration, Ausdauer, Improvisation, einen Radgleiter, einen Elektrostab … Es mag plump und unüberlegt wirken, aber gib alles, um zum Herzen des Problems vorzudringen, wenn sonst nichts hilft.

»Eine Bilderbuchlandung!«
Obi-Wan Kenobi

Bewahre unter Druck einen kühlen Kopf

Alles fällt auseinander, und der große Boss schaut nur zu. Wirst du einfach so zulassen, dass ihr abstürzt? Natürlich nicht! Setze dich ans Steuer deines Raumschiffs und übernimm die Kontrolle. Sei der Inbegriff von Gelassenheit und sieh das Positive in dieser stressigen Situation. Dann atme durch, behalte einen klaren Kopf, und gib dein Bestes, dass ihr das Ganze heil übersteht. Vielleicht legst du keine perfekte Landung hin, aber ihr werdet es überleben, wenn du auch unter Druck die Ruhe bewahrst.

»Das sind nicht die Droiden, die ihr sucht.«

Obi-Wan Kenobi

Sprich es laut aus

Der erste Schritt, ein Hindernis zu überwinden oder ein Ziel zu erreichen, besteht manchmal darin, sich genau vorzustellen, wie es geschehen soll. Dann ruf es laut in die Galaxis hinaus, damit es wahr wird (oder schubs einfach die beiden Sturmtruppler zur Seite, die dir im Weg stehen). Je öfter du laut ausprichst, was du dir wünschst, desto mehr wirst du an dich glauben und noch stärker daran arbeiten, es zu erreichen. Und nun weiterfahren, weiterfahren! Lass deine Träume Wirklichkeit werden!

»Verloren einen Planeten
Meister Obi-Wan hat.
Wie peinlich, wie peinlich!«

Yoda

Vertritt deinen Standpunkt mit Humor

Ein kleines Wortgeplänkel kann große Wirkung haben, wenn das Timing stimmt. Yoda und Obi-Wan sind Meister darin, mit lieb gemeinten Sticheleien etwas auf den Punkt zu bringen. Für Jedi-Ritter und andere, die die Last der Galaxis auf ihren Schultern spüren, kann ein Scherz eine gute Erinnerung daran sein, sich selbst nicht allzu ernst zu nehmen. Mache einen kleinen Spaß zur Aufheiterung, aber nie, um andere wütend zu machen, denn das führt zur dunklen Seite. Sei witzig und weise, und dein Sinn für Humor wird lange in Erinnerung bleiben.

BLEIBE DIR SELBST TREU

Jedi-Meister nehmen sich oft Zeit, um zu reflektieren, wer sie sind. Was sagt dir dein Herz? Du musst tun, was du für richtig hältst, und an deinem Glauben festhalten. Immer wieder wirst du herausgefordert werden, doch vertraue der Macht – und dir selbst – und du wirst es schaffen.

»Erliege nicht dem Hass. Er führt zur dunklen Seite der Macht.«

Obi-Wan Kenobi

Sei über negative Gefühle erhaben

Wusstest du, dass Jedi-Ritter ebenso wie alle anderen Furcht, Wut und Hass empfinden? Sie versuchen aber, die helle Seite der Macht zu wählen und sich nicht von negativen Emotionen überwältigen zu lassen. Krieg, großer Verlust, ein finsterer Doktor, der in der Cantina von Mos Eisley Ärger sucht – in der Galaxis muss man sich mit vielem herumschlagen. Schnell verlierst du dich in all den Dingen, die dir ein schlechtes Gefühl bereiten. Erliege dem nicht, sondern höre auf Obi-Wan! Auch du kannst die helle Seite wählen.

»Wer ist der größere Tor? Der Tor oder der Tor, der ihm folgt?«

Obi-Wan Kenobi

Denke selbstständig

Wer sind deine Vorbilder? Vielleicht der erfolgreiche Chef deiner Firma oder ein Jedi-Ritter auf irgendeinem idealistischen Kreuzzug? Nimm dir die Zeit, darüber nachzudenken, nach wem du dich richtest und wohin es dich führen könnte. Welchen Leuten du folgst, sagt mehr über dich aus als über sie. Du kannst die Guten von den Schlechten unterscheiden, wenn du gelassen und im Einklang mit dir selbst bist. Kleiner Tipp: Ruft dein neuer Mentor sich zum Alleinherrscher eines Galaktischen Imperiums aus, sollten bei dir alle Alarmglocken läuten.

»Ich bin überzeugt, dass sich eine andere Lösung finden wird.«

Qui-Gon Jinn

Sortiere dich neu

Du hast alles probiert, was dir einfällt, um dein Problem zu lösen, aber nichts hilft? Gib nicht auf! Noch siehst du die Lösung womöglich nicht, aber habe Geduld. Vertraue darauf, dass die Galaxis dir weitere Möglichkeiten offenbart. Zähle Midi-Chlorianer, iss zusammen mit neuen Freunden, während du Schutz vor einem heftigen Sandsturm suchst – tue, was immer dir hilft zu entspannen. Dann erwäge erneut deine Optionen. Du wirst das Problem mit anderen Augen sehen – und einem vollen Magen. So oder so, du gewinnst.

»Du kannst mich zwar töten, aber du kannst mich niemals zerstören.«

Obi-Wan Kenobi

Lass niemand anderen bestimmen, wer du bist

Einem Jedi mangelt es nicht an Feinden: Kampfdroiden, Kopfgeldjäger, Sith, echt große Fische. Sie können dich verspotten oder in Versuchung führen, aber sie können dich nicht verändern, solange du es nicht zulässt. Nur du hast die Macht, darüber zu bestimmen, wer du bist. Wenn du deine Überzeugungen aufgibst, haben sie den Kampf schon gewonnen, bevor du dein Lichtschwert gezündet hast. Verliere nie deinen Glauben! Ja, sie können dich schlagen, aber nur zu deinen Bedingungen.

»Ich hasse Euch!«
»Du warst mein Bruder, Anakin.
Ich habe dich geliebt.«

Darth Vader und Obi-Wan Kenobi

Lass dich nicht auf ihr Niveau herab

Hat ein hitziger Streit zum Bruch mit einem Freund geführt? Sein Schicksal mag ihn auf einen anderen Weg führen als dich. Auf Hass mit noch mehr Hass zu reagieren ist wie ein Hyperraumsprung auf die dunkle Seite. Statt deine Feinde zu verachten, richte deinen Blick nach innen. Warst du derjenige, der an ihnen versagt hat? Was kannst du tun, um es wiedergutzumachen? Obi-Wan setzt dem Hass Liebe entgegen. Tue es ihm gleich, und die Macht wird mit dir sein – immer.

Der DK Verlag dankt Brett Rector, Michael Siglain und Troy Alders von Lucasfilm Publishing, Kelsey Sharpe, Emily Shkoukani und Kate Izquierdo von der Lucasfilm Story Group und Chelsea Alon von Disney Publishing.

Lektorat Ruth Amos, Marc Staples, Emma Grange, Mark Searle
Gestaltung und Bildredaktion Jon Hall, Dan Crisp, Vicky Short
Herstellung Mary Slater

Für die deutsche Ausgabe:
Programmleitung Monika Schlitzer
Projektbetreuung Christian Noß, Sebastian Twardokus
Herstellungsleitung Dorothee Whittaker
Herstellungskoordination Bianca Isack
Herstellung Stefanie Staat

Titel der englischen Originalausgabe:
Be More Obi-Wan

Übersetzung Marc Winter
Satz Roman Bold & Black, Köln

ISBN 978-3-8310-4591-4

Druck und Bindung RR Donnelley, China

MIX
Papier | Fördert gute Waldnutzung
FSC® C018179

www.dk-verlag.de
www.starwars.com